수녀원으로 이사 온 남자

수녀원으로 이사 온 남자

안기풍
시집

도서출판 북인

시인의 말

따르릉
따르릉
수녀님에게서 걸려온 전화 한 통

"수녀원 살 생각 없는지요?"

아담한 이층집
잘 가꾼 소나무들과 정원
내가 살고 싶었던 꿈 속의 집

성모 마리아의 뜻인가
우주 만물을 만드신 하나님의 뜻인가
이곳에서 시를 쓰기 시작했다

운명이다

2023년 7월
안기풍

차례

2부

3부

4부

1부

10원의 기적

만화책 열 권 보는 데 10원
덤으로 연속극 〈여로〉는 공짜

만화방집 아들이
되고 싶었던 시절

가난했던 1970년대 초
번데기 한 봉지 10원
라면 한 봉지 30원

물가도 싸고
정도 많았던 시절

10원 내고 만화방
TV 앞에서 박치기왕
김일 프로레슬링을 보며
환호했던 시절

가끔 다시
돌아가고 싶은 시절

검정 고무신

추리닝 바지
검정 고무신

친구들과
개천으로 간다

송사리 잡으려고
풍덩
모래무지 잡으려고
풍덩 풍덩

고무신 어항 물고기들
두 눈만 꿈뻑거린다

젖은 옷 벗고
다시 풍덩

개천을 지날 때마다
그리운 물장구치던 시절

개구리 잡기

실개천 놀이터
윗마을 형들과 친구들

막대기 하나
풀밭을 휘젓는다

탁— 탁—
튀어오르는 개구리

배고팠던 어린 시절

실개천에서 구워 먹는
개구리 뒷다리

입가에 퍼지는 껌정 웃음

로보트 태권 V

책상 위 로보트 태권 V
어릴 적 동심의 세계로 초대한다

달려라 달려 로보트야
날아라 날아 태권 V
정의로 뭉친 주먹 로보트 태권

정의를 위해
평화를 위해
악을 무찌르는 태권 V

과학자가 되고 싶었고
발명가가 되고 싶었고
군인이 되고 싶었다

책상 위 로보트 태권 V
육십이 넘은 지금도
나에게 꿈을 꾸라고 한다

민화투

평생 농사일에 굽은 허리
외할머니 취미는 민화투 놀이

추운 겨울 할머니
아랫목에서 화투 놀이 하신다

국방색 담요 위 화려한 꽃 그림
비약·초약·풍약, 청단·홍단
그림들이 짝을 맺는다

어린 나에게 민화투
가르쳐주고
함께 놀아준 외할머니

딱—
소리에
치매와 외로움
저 멀리 도망간다

형님과 아우

두 손에
오리알 네 개
달걀 두 개

동생 전화에
한걸음에 달려온 형님

호기심 많은 발명가 동생
거위 품속에
오리알 네 개
달걀 두 개 슬쩍 넣는다

거위는 꺽꺽
오리는 꽥꽥
닭은 꼬끼오 꼬끼오

기산리 개울가
새 생명 가득한
즐거운 상상 속에
빠진다

별이 하늘나라로 가다

담장 너머 휘파람 소리
한걸음에 달려오던 별이

철대문 틈으로 들어와
정원에서 뒹굴던 별이

그리움의 언덕에
쌓인 추억들을 뒤로 한 채
진짜 별이 되었네

별이는
새우깡과 오징어를 좋아했다

하늘에 그려진 아름다운 별이
오늘도 너를 찾아헤매는 나

눈물처럼 슬픈
애절한 이별의 노래
아직도 귀에 들리는
너의 발걸음 소리와

행복했던 순간들

별이야
이슬비가 내리는 오늘
슬픈 눈물이 앞을 가린다

자유

새는 갇혔던 새장을 나와
자유를 찾았다

세상 속에 갇힌 인생
나의 갈망은 자유

세상 속에서 날아가
시詩라는 자유를 찾았다

개밥 주는 남자

영심아 —
순덕아 —
오순아 —
삼월아 —
백구야 —

형님 눈길에서 사랑이 철철
형님 목소리에서 꿀이 뚝뚝

함께하는 반려견 다섯 마리
가장 개다운 이름은 백구
가장 사랑받는 개는 영심이

자식 두고 온 부모처럼
밖에 나와서도 강아지들 걱정

찬바람에 추울까
재봉틀 탈탈 돌려
오늘도 새 옷을 만든다

두 여인

화단에서 풀밭 매는
두 여인

손은 풀을 매고
정답게 소곤소곤
자매처럼 정답다

시골이 고향
추억을 매는 두 여인
새들도 꽃들도 시샘한다

별천지 기산리

밤새 피었다
눈꽃

강아지도
고양이도
발 도장 찍는다

흐르는 개울물
세상 근심
모두 가져간다

눈에 덮인
별천지 기산리

시詩가 내게로 온다

초승달 옆에서 반짝이는
샛별을 바라본다

시詩가
내게로 온다

가만히
받아적는다

참새

넓은 정원
참새 한 마리
참새 두 마리
참새 세 마리

폴짝폴짝
이리저리
뛰어다닌다

지렁이 한 마리 문 참새
로또 맞았다

우리 인생이 보인다

황금경매장

경매사 테이블에
별별 물건이 다 있다

"만 원!"
"만 원!"
경매사가 외친다

맞은편에서
"만오천 원!"
옆에서는
"이만 원!"

가격이 올라간다

아저씨, 아줌마
중년 신사, 동네 할아버지도
모두 숨을 죽인다

세월을 낚는다
로또를 낚는다

인생을 낚는다

“낙찰!” 한마디
법원읍 황금경매장
하루가 짧다

영원한 숙제

매일 꿈꾸는
완벽한 몸매

산처럼 쌓여가는 인격
매일 무너지는 다짐

당근, 오이 멀어지고
햄버거, 피자는 곁에 있네

몸짱, 얼짱
고독한 싸움 속에
잠 못 드는 밤

국수

잔치국수
비빔국수
무엇을 먹을까

비 오는 날은 잔치국수
화창한 날은 비빔국수

오늘은 비 오는 궂은 날
부침개도 먹어야지

한 젓가락
후루룩

입 안이 행복하다

시詩

사막의 모래알
같았던 내 인생

한 줄기 오로라 같은 너
너는 내 운명

2부

거울에 비친 나

내가 나쁜 사람인지
내가 좋은 사람인지

거울에
나 자신을 비춘다

소크라테스 말했다
"너 자신을 알라"

거울에 비친
또 다른 내가
밝은 얼굴로
나를 반길 때
그 순간 나는
정말 좋은 사람이다

수녀원으로 이사 온 남자 1

이른 아침 봄비가
장독대에 주룩주룩

비에 젖는 내 마음
무심한 마음에
외로움이 찾아든다

막걸리 한 잔
봄동 배추전

고독을 목넘김 한다
그리움 한 모금 들어온다

수녀원 사는 남자
봄비에 젖어든다

그림자의 위로

어디를 가든지
함께 다니는 그림자

가로등 불빛 아래
네 모습은 당당하고 멋지구나

사업을 시작한 지 33년
껌딱지처럼
붙어다니며 힘이 되어준 너

너는 나에게
오늘도 수고했다
불빛으로
위로의 말을 건네준다

사장이라는 이름

번화했던 거리에
텅 빈 상가들

'임대 문의'
쳐다보는 사람도
마음 아프다

높은 환율
치솟는 물가
가족 걱정
직원 걱정

떨어지는 매출
남 이야기가 아니다

두 어깨에 짊어지고
가는 삶은 천근만근

사장의 삶은
무거운 짐을 싣고 가는
달구지의 소 같다

인생길

혼자 걷는 인생길
넘어지기도 하고
상처 입기도 한다

혼자 있을 때
생각은 깊어지고
행동은 조심스럽다

함께 있을 때
좋기도 하지만
이해관계로 머리가 무겁다

혼자 걷는 인생길
시詩가 있어 외롭지 않다

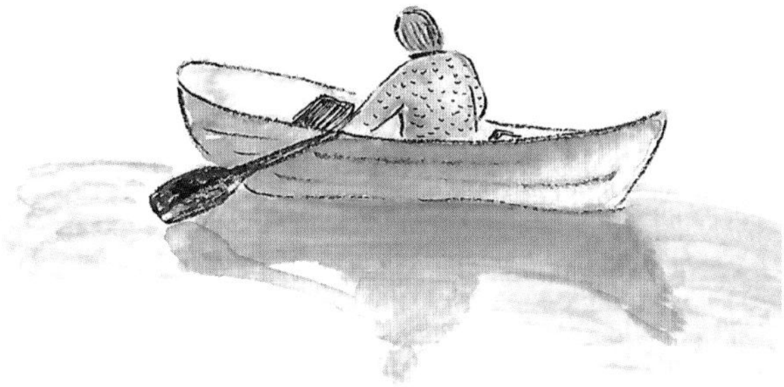

돈이 주는 설움

돈이 없으면
고통과 설움 속에 산다

한 달에 백만 원 버는 사람이나
천만 원 버는 사람이나
모두가 돈 앞에서
고통과 설움을
받는 것은 매한가지

하루에도 몇 번이나
사표를 내고 싶었지만
언제나 현실 앞에 무너졌다

사장 자리는 언제나
좋아 보였지만
막상 사장이 되어보니
돈이 주는 설움이
더 크게 다가온다

돈보다

사람이 더 중요하다고
말을 하지만

사람 위에
돈이 있는
현실은 어쩔 수 없다

선택과 도전

인생은 선택과 도전이다

해야 할지
하지 말아야 할지

가야 할지
가지 말아야 할지

보아야 할지
보지 말아야 할지

말을 해야 할지
말을 하지 말아야 할지

먹어야 할지
먹지 말아야 할지

참아야 할지
참지 말아야 할지

인생은 언제나
선택이며 도전이다

포기

다가가 보지 않고
해보지도 않고

포기하는 것은
나에게 지는 것

시간

속절없이 흘러가는 시간 앞에
내 마음을 붙잡아두고 싶다

꽃은 피고 지고
계절은 가고 오고
흘러간 물은 다시 돌아오지 않는다

피고, 지고
가고, 오고
흘러가는 물처럼

시간은 청춘을
모두 빼앗아버렸고
얼굴에는 주름이 하나, 둘

속절없는 시간 앞에
맛없는 땡감이 될까 겁난다

외로움

많은 사람들 속에 있다

말 때문에
사람과의 거리는 멀어진다

상처받은 마음은
외로움이 친구가 된다

속상한 마음은
어디에도 둘 수가 없다

사람이 무섭다
세상이 무섭다

달아나고 싶다
떠나고 싶다

나를 찾아 시詩 속으로
나를 찾아 그림 속으로

수녀원으로 이사 온 남자 2

66미터 긴 담장에
벽화를 그린다

이태백이 놀러 오고
김구의 시구詩句도 만나며
벽화 속에는
사계절이 함께 있다

담장에는 운무가 쉬어가고
시인은 사색에 빠진다

따뜻한 씨앗이
마음속에 뿌려져 꽃이 되고
하늘의 별빛 희망이 되고

사랑의 시가 되어
콘크리트 담장 위로
행복이 내려앉는다

시인안기풍의집

입

얼굴에서 입을 그려본다

말을 하는 열린 입보다
듣고 있는 닫힌 입이
보기가 좋다

입 하나에
귀가 두 개인
경청의 뜻
알 것 같다

흘러간 물은
다시 돌아올 수 없듯이
한번 내뱉은 말도
다시 주워 담을 수 없다

백 마디 말보다
부성부향不声不响이
살아가는 지혜가 되기도 한다

호기심 많은 남자

배고픈 설움에
수많은
직업을 가졌던 남자

앞만 보고 달렸다
오뚝이처럼 일어났다

하고 싶은 일들
다 해보았다

그런데

하고 싶은 일이
또 생겼다

자신과의 싸움

하루하루
나 자신과 싸운다

인생을
더 아름답게
더 행복하게
뜻있게 살기 위해

펜을 들고 고뇌한다
잠들기 전 기도한다

내 안에
깊숙이 숨어 있는
나를 찾아 타협한다

오늘도
사람 모습으로
사람처럼 사람답게
살기 위해 노력한다

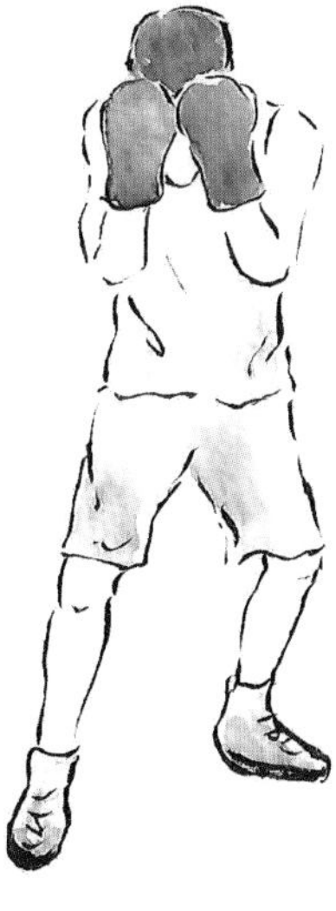

인생 문자

카톡 카톡 소리
친구 딸 결혼 소식

카톡 카톡 소리
친구 부모님 부고 문자

인생은
카톡 소리처럼 흐른다

카톡 카톡 소리
친구가 저세상 먼저 갔다

내 소식은
누가 카톡으로 보낼까

나는 아직 살고 싶다
인생이 마음 같지 않다

진아眞我

나 스스로
족쇄를 채운다

떠나고 싶고
혼자 있고 싶어도
나를 잡고 있는
마음 한구석 족쇄

자아를 찾고 싶다
진아眞我를 만나고 싶다

마음의 족쇄를 벗고
진정한 나로 살고 싶다

첫사랑 향기

육만여 권의 책 속에서
보물을 찾았다

하루
한 달
일 년
나를 흥분시킨다

책 앞에서
내 심장은 첫사랑을
만난다

책과 함께 매일
깨를 볶는다

진정한 승자

나의 경쟁자는

친구도 아니고
주변 사람도 아니며
경쟁업체 사장도 아니다

소꿉친구는 더더욱 아니다

나 혼자 외로움 속에
고독과 싸우는 것

자신과 싸워
이기는 사람만이
진정한 승자

3부

기다림

물속에
백로 한 마리
서 있다

꼼짝도 하지 않고
한참을 서 있다

무엇을 기다리는지
한 곳만 보고 있다

발목에 와닿는 고통
차디찬 물살도
잊은 지 오래

기다림의 인내는
물고기 한 마리

전봇대 1

양어깨에
신세계의 꿈을 메고
하염없이 서 있다

귀 기울여 들어도
들리지 않는 이야기들

천 볼트 만 볼트
뜨거운 사연
차갑게 흘려보낸다

난꽃

몽롱한 향기
꿈속을 헤매고

휘어질 듯
가녀린 어깨에

누구를 유혹하려
향기를 풍기는가

달빛 없는 밤
눈길이 자꾸 머문다

댓글

온라인 공간에도
사랑이 있다

좋아요는 관심 표현
댓글은 사랑 표현

자꾸만 보게 된다

좋아요 눌러주세요

당신의 댓글이
당신의 진심

장미

장미농장에서
묘목 여덟 그루를 샀다

농장에서 말이 없던 장미가
나를 보더니 활짝 웃어준다

서로 가족이 된 줄
아는가 보다

장미도 우리 집으로
오는 게 좋은가 보다

동백꽃

방 안에 동백꽃

기다림 속에
꽃망울이
터졌다

빨갛게 활짝 핀 꽃
보기가 좋았다

다음은
다음은

그리움과 기다림을
두고 갔다

전봇대 2

키다리 아저씨 전봇대
오늘도 행복을 배달한다

가까운 집
저 멀리 외딴집
희망을 전달한다

전선에서 전선으로
키다리 전봇대
등불 하나 켠다

봄이 오는 소리

낙숫물 떨어지는
소리에

빗물인가 했더니

고드름
떨어지는 소리

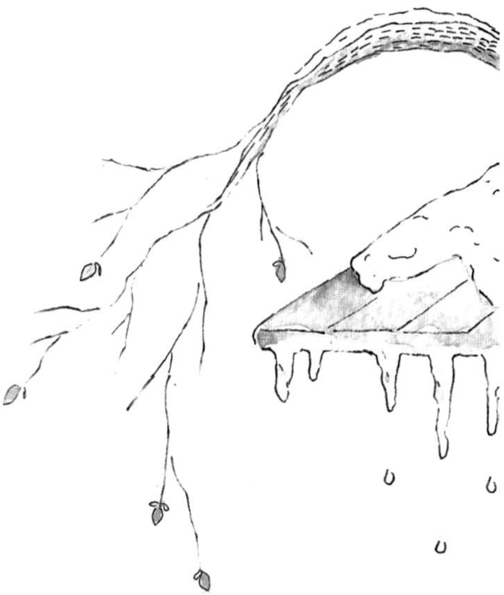

무관심

나의 무관심은
난꽃도 피우지 못했다

죽은 난 앞에서
눈을 떼지 못한다

고드름 물방울이
내 눈물 같다

비워내기

한 생각이 들어온다
또
한 생각이 들어온다

머릿속은
엉킨 실타래

마음을 비우니
생각을 비우니
머릿속이 맑아진다

애룡호수

파주시 법원읍 애룡길
용이 살았다는 애룡호수

노을이 산을 감고
호수에 잠긴다

호랑이를 닮은
호명산

그곳에서 시인을 만난다

부엉이가 살았고
호랑이가 살았고
용이 승천했다는
애룡호수

모두가 시인의
친구 되어
시 속에서 다시 환생한다

산 넘어 산

한 가지 걱정이
끝나고 나면

마음이 편할 것 같았다

그러나
인생은 산 넘어 산이다

한 가지 걱정이
또 생긴다

오토바이 연인

남녀 한 쌍이
위험한 도로 위를
달리고 있다

두 사람이 서로
의지한 채
살얼음판 위를 달린다

아슬아슬한 모습에도
행복해 보이는
두 사람

뒤에서 꼭 안아주는 여인
이 겨울 엄동설한이
두렵지 않다

생이별

꽥꽥—
꽥꽥—
거위 울음소리
기산리 산천을 뒤흔든다

뜰채에 잡히지 않으려
도망가는 새끼 거위
뒤쫓아가는 농장 주인

기산리 개울가에서
벌어지는 생이별

시인의 시에 등장했던
가족 이야기
행복이 슬픔으로
개울물 소리도 바뀌었다

의심

의심의 늪은 깊고 넓어
영혼을 망가뜨린다

천진난만한
아이들의 마음이
되어보자

마음이 약해질 때
의심이라는 병이 들어온다

상대를 믿지 못하는 마음에
지옥이 찾아온다

마음에 불화산을
품고 사는 것과 같다

스스로 불구덩이에 빠져든다

사랑 1

눈을 떠도
눈이 부시고

눈을 감아도
눈이 부시다

사랑은

인간적인

일상을 꾸밈없이
하루를 포장 없이

흐르는 시냇물처럼
흘러가는 구름처럼

빈손으로 왔다는 것은
빈손으로 돌아간다는 것

인간적인
지극히 인간적인

소풍

송천 선생이 모는 택시에
술빵 한 덩이, 박카스 두 병 싣고
비암리 고개 넘어
한계령 같은 기산리 고개
굽이굽이 넘어간다

보광사 목탁 소리 뒤로 하고
고양동으로 넘어간다

벽제를 거쳐 구파발,
연신내, 불광동 지나
서울로 소풍 간다

송천 시인 택시 안
무릉도원이 따로 없다

교보문고,
황학동 풍물시장,
인사동

지나온 삶을 되새겨 본다
소풍은 언제나 즐겁다

4부

부모 1

서울 사는
둘째아들 내려온다

어머니는
대문 활짝 열고

우리 아들 언제 오나

마당 몇 바퀴 돌고
동네 입구 서낭당만
바라본다

무뚝뚝한 아버지
거실에서
담배연기 길게 내뿜는다

보고픈 어머니 얼굴
나는 응석받이가 되고

밥상에는 세상 진미가
다 모여 있다

딸 결혼식

딸을 사위에게
데리고 간다

반 발짝 앞서
손을 잡고 걷는다

딸과의 지난 추억들
주마등처럼 스쳐 지나간다

눈가에 맺히는
눈물 한 방울

잡은 두 손이
말 없이 대화를 한다

나를 변하게 하는 것들

좁은 월세방에서
두 다리를 못 뻗을 때

우는 아이 분유 살 돈이 없을 때

지인의 배신으로 앞길이 캄캄할 때

말을 함부로 하는 사람 때문에
마음의 상처가 지워지지 않을 때

아무 이유 없이 의심받을 때

아메리칸드림에 성공하지 못하고
한국에 돌아왔을 때

그중에
내 인생을 가장 변화시킨 존재

언제나 말없이
지지해주고 응원해주는

단 한 사람,
어머니

부모 2

서울로 올라가는
둘째아들

보따리 속에
호박 하나, 고추 한 줌
꽁꽁 싸매놓은 참기름병 하나

아들은 늙은 부모
또다시 볼 수 있을까
자꾸만 뒤돌아보고

부모님은 동구 밖에서
손 흔들어주신다

지금 가면 언제 올까
언제 다시 볼 수 있을까

두 마음이 하나가 된다

봄 향기

삭막한 솔의 정원 텃밭에도
어김없이
봄은 찾아왔다

봄 향기 따라
나비처럼
소풍 나온
큰누나, 작은누나

텃밭에서
봄처녀가 된다
냉이와 달래를 캔다

텃밭에서
까르르
까르르

머리 하얀
큰누나, 작은누나
다시, 소녀가 된다

빈방

큰딸 시집 보내고
빈방이 너무 허전하다

주인이 떠난 방
손때 묻은 물건들

액자 속 큰딸은
웃고 있는데

내 마음은
추억 속에 빠져 있다

엄마 같은 누나 2

따르릉—
따르릉—

차가운 새벽을 가르는
누나의 전화

"기풍아,
배가 너무 아프구나"

힘겨운 숨소리

중환자실에서
생사 갈림길에 계신
큰누나

서로의 마음 같은
여름비 닮은 봄비
밤새
주룩—
주룩—

부모 사랑, 자식 사랑

내 자식이 아프면
그 고통을 내가 가지고
싶었다

부모가 아프면 간절한
기도뿐이다

나는 이기적이다

자식에게는 내 심장을
주고 싶었지만
부모에게는 기도뿐이었다

부모 사랑 갚을 길이 없다

사위 1

나비 한 마리 날아와
꽃에 앉았네

꽃향기에 취해
꽃밭을 떠나지 않네

여자 셋 남자 하나가
여자 셋 남자 둘이 되었네

춤추는 나비 따라
꽃밭이 향기롭네

사위 2

밝고 맑은 영혼의
바람이
내 곁으로 와

가족이라는 이름으로
맺어지니

천군만마를 얻은 것 같고
세상을 모두 가진 것 같네

사위라는 이름의
아들이여
벗이여

그대 앞길
억겁의 인연으로
인생의 동지가 되고 싶네

엄마 젖꼭지

아파도 참고
물어도 참고
죽을힘을 다해 견딘다

죽을힘을 다해 빤다
대롱대롱 매달린
한 줄기 생명줄

엄마와 자식

학교 입학하던 날
가슴에 손수건 달아주고

엄마는
코흘리개 자식을 챙겼다

흐르는 세월만큼
산천이 바뀌고

오늘은 엄마가
주간보호센터 가는 날

귤 한 박스, 떡 한 보따리
챙겨 보낸다

늙은 자식은
자식 처음 학교 보내던 날
엄마 마음이 된다

사랑 2

아름다운 꽃을
줄 수 있는 사람이 있어
행복하다

따뜻한 마음을 가진
사람을 알고 있어
행복하다

그 사람이 나를
사랑해줘서
더 행복하다

부자 거지

경기도 유망 중소기업 시상식에
입고 갈 옷이 마땅치 않다

변변한 양복 한 벌이 없다
옷 때문에 주눅들 일은 없지만
남들과 비슷하게 섞이고 싶다

매일 입는 청바지는 2만 원
잠바는 3만 원
할인매장에서 사 입는다

주변에서는 나 같은 사람을
부자 거지라 한다

멋진 양복은 없어도
마음은 부자다

늘 나에게 힘이 되어주는
따뜻한 이웃이 있고

어제보다 오늘
오늘보다 내일

더 나은 꿈을 꾸고
마음에는 사랑이 가득한
부자이고 싶다

친구

세상에 사람들은 많다
아는 사람도 셀 수 없이 많다

그러나
친구라고 말할 수 있는 사람은
모래알에서 진주 찾듯이 드물다

국민학교 불알친구들을 생각해본다
함께 미역 감고 물장구치던 친구들이 그립다

아무런 이해타산 없이
그저 있는 그대로 봐주는 친구
새해에는 그런 친구가 그립다

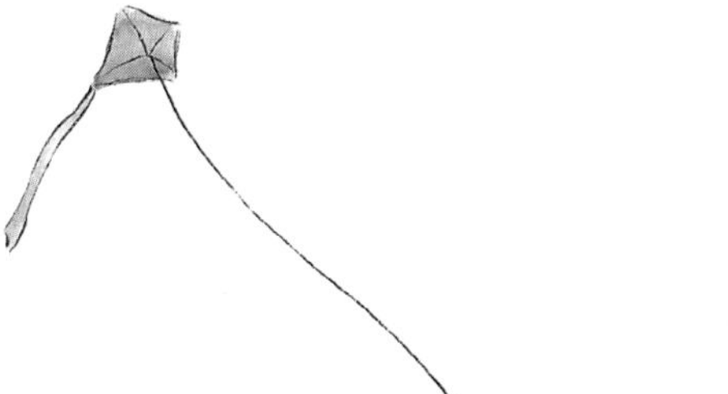

딸바보

딸아이 무동 태워
롤러스케이트 타고
함께 가는 맥도날드

고사리손으로 쓴 편지
세상 풍파 이겨내는 힘

슬며시 쥐어주는 용돈에
딸아이 입꼬리 하늘로 솟는다

내 자식이 최고라던
부모님 얼굴이 생각난다

대교약졸大巧若拙로 그려낸 즐거운 소풍

우대식/ 시인

시란 무엇인가 하는 물음 앞에 선다. 시집에 녹아 있는 간명하면서도 명징한 세계 인식을 들여다보고 있자니 시에 대한 심각하고도 알쏭달쏭한 논의들이 마치 장난처럼 여겨지기도 한다. 더러 동시 같으면서도 삶의 더께를 수시로 자연물에 대입해가며 자신만의 참된 가치를 추구해가는 시적 형상화를 보면서 다시 생각하게 되는 것은 이 세계에는 어떤 정답도 없다는 사실이다. 문명이라는 이름으로 우리가 구조해온 것들이 모두 허구일 수는 없지만 개별적 진실과 거리가 멀다는 사실에 동의하는 데에는 큰 어려움은 없을 터이다. 안기풍 시인의 시는 전통적인 수사학이나 현대미학에 빚진 바 없이 대교약졸大巧若拙의 형식으로 자신만의 길을 걷고 있다.

안기풍 시집 『수녀원으로 이사 온 남자』에서 무엇보다 주목해야 할 것은 시인으로서의 정체성이며 자신의 삶의 전 과정에 시가 어떻게 관여하고 있는가 하는 문제이다.

사막의 모래알
같았던 내 인생

한 줄기 오로라 같은 너
너는 내 운명

—「시詩」 전문

이 짧은 한 편의 시는 시적 화자에게 시가 가진 절대성을 극명하게 보여준다. "사막의 모래알"이란 시적 화자의 파편화된 삶의 현장일 터이다. 파편화된 채 나뒹굴던 모래알 같던 삶의 실체를 하나하나 꿸 수 있는 도구가 시였던 셈이다. "한 줄기 오로라"라는 것은 결국 혼돈의 세계에서 솟아난 희망이며 기쁨의 실체인 것이다. 이러한 사고는 시를 통해 세계의 모든 것을 드러내고 싶은 욕망을 보여준다. 더불어 시적 화자에게 시는 궁극적인 의식의 변화를 선사한다.

새는 갇혔던 새장을 나와
자유를 찾았다

세상 속에 갇힌 인생
나의 갈망은 자유

세상 속에서 날아가
시詩라는 자유를 찾았다

—「자유」 전문

시가 선사한 의식의 변화는 "자유"이다. 대개 형식이나 틀은 우리의 의식을 억압하게 마련이고 더러 그 틀 안에서 신음하는 경우를 종종 마주하게 되는데 시적 화자는 시에서 "자유"를 찾았다고 당당히 선언하고 있다. 새장을 나온 새의 형국으로 시를 만나 자유로의 비상을 실현하고 있다는 사실은 시인이 시를 어떻게 생각하는지를 암시하고 있다. 시 안에서 느끼는 걸림 없는 자유, 시를 쓰면서 느끼는 무한한 상상의 자유 등이 그것일 터인데 이 시에서 시적 자유의식이 한껏 고조되어 있음을 보게 된다.

바로 전 2023년 초에 첫 시집을 발행했다는 사실은 시에 들린 시인의 현재 상황을 분명하게 보여준다. 마치 귀신에 들린 자가 끝없이 내뱉는 말처럼 시에 들린 시적 화자는 시라는 방언을 쉼 없이 쏟아내는 것이다. "혼자 걷는 인생길/ 시詩가 있어 외롭지 않다"(「인생길」 부분)라는 발화에서 느끼는 진정성도 앞에 말한 시에 들림에서 비롯될 터이다.

시집 2부에 핵심적인 키워드는 '나를 어떻게 찾을 것인가' 하는 문제로 집약할 수 있다. 이 문제는 근원적인 물음이라는 점에서 철학적 고뇌의 형태를 띠게 된다.

나 스스로
족쇄를 채운다

떠나고 싶고
혼자 있고 싶어도
나를 잡고 있는
마음 한구석 족쇄

자아를 찾고 싶다
진아眞我를 만나고 싶다

마음의 족쇄를 벗고
진정한 나로 살고 싶다

—「진아眞我」 전문

우파니샤드에서 끊임없이 변화하는 '물질적 자아'와 대비해 절대 변치 않는 가장 내밀한 '초월적인 자아'를 가리키는 말이 진아眞我이며 아트만이다. 이 말은 숨breath을 뜻하기도 하며 이 숨이 떨어질 때 인간은 생명을 잃게 된다. 시에서 '진아眞我'를 만나고 싶다는 욕망은 진정한 자아를 만나고 싶다는 것이며 동시에 그 무엇으로도 구속되지 않는 자유로운 삶을 살고 싶다는 것을 의미한다. "마음의 족쇄"가 그 누구에 의한 것이 아니라는 사실을 시적 화자는 잘 알고 있다. 스스로가 자유를 구속하는 상태로부터 아트만을 찾고자 하는 싸움은 자신과의 투쟁이 되는 셈이다.

하루하루

나 자신과 싸운다

인생을
더 아름답게
더 행복하게
뜻있게 살기 위해

펜을 들고 고뇌한다
잠들기 전 기도한다

내 안에
깊숙이 숨어 있는
나를 찾아 타협한다

오늘도
사람 모습으로
사람처럼 사람답게
살기 위해 노력한다

—「자신과의 싸움」 전문

"하루하루/ 나 자신과 싸운다"는 고백이 내적 육성으로 들리는 이유는 바로 진아眞我를 찾고자 하는 욕망의 핍진함 때문이다. 나라는 퍼소나 안에 감추어진 참된 나를 찾기 위해 나와 싸워야 하는 상황은 예술가들에 의해 거의 본능적으로 수행되어왔다고 말할 수 있다. 시적 화자의 "고뇌"와 "기도"는 싸움의 형식을 의미하는 말이다. 다른 말로 바꾸면 고뇌와 기도의 형식을 통한 시쓰기가 시적 화자에게는 진아를 찾아가는 싸움의 방식이 되는 셈이다. 그 싸움의 목적이 "사람답게/ 살기 위해"라는 점은 철학적 진리의 목적을 단숨에 도달한 형국을 보여준다. 더욱이 "노력한다"는 언술 속에는 끝내 포기하지 못할 가치가 상정되어 있다는 점에서 이 싸움이 영원히 지속될 것임을 암시하고 있다.

진아眞我를 찾아가는 과정 속에서 끝없이 자신을 들여다보며 스스로가 그려낸 자화상은 다양한 사물의 형상으로 나타난다.

물속에
백로 한 마리
서 있다

꼼짝도 하지 않고
한참을 서 있다

무엇을 기다리는지
한 곳만 보고 있다

발목에 와닿는 고통
차디찬 물살도

잊은 지 오래

기다림의 인내는
물고기 한 마리

―「기다림」 전문

차가운 물살 속에 서 있는 한 마리 백로는 먹고사는 일의 핍진함을 드러내는 비유물이면서 동시에 시적 화자의 자화상으로 나타난다. 차가운 물살 속에서 한 곳을 응시하며 꼼짝도 하지 않고 서 있는 백로의 형상은 밥벌이를 위해 세계와 대결하는 시적 화자의 모습을 투영하고 있는 것이다. 인간은 만물의 영장이고 우월한 존재라고 믿고 살지만 삶의 현장이란 조잔함과 비루함의 연속이며 그것을 견디는 자만이 한 마리의 물고기를 얻을 수 있는 법이다.

'견인주의자로서 백로'란 시린 물살 같은 세상을 건너온 시적 화자의 자화상이라 할 수 있다. "배고픈 설움에/ 수많은/ 직업을 가졌던 남자// 앞만 보고 달렸다/ 오뚝이처럼 일어났다"(「호기심 많은 남자」 부분)와 같은 시구에서 "남자"가 위의 시 백로와 겹치는 이유는 시에 수시로 나타나는 우화적 상상력 때문이다. 더 상징적인 자화상의 모습은 다음 시에서 만나볼 수 있다.

양어깨에
신세계의 꿈을 메고

하염없이 서 있다

귀 기울여 들어도
들리지 않는 이야기들

천 볼트 만 볼트
뜨거운 사연
차갑게 흘려보낸다

—「전봇대 1」 전문

이 시에서 전봇대가 하나의 풍경이 아니라는 사실은 자명하다. "양어깨에/ 신세계의 꿈을 메고/ 하염없이 서 있"는 전봇대는 말 그대로 한번도 가보지 않은 세계로의 진입을 꿈꾸는 존재이다. 전봇대는 자연스럽게 시적 화자의 등가물로 치환된다. "귀 기울여 들어도/ 들리지 않는 이야기들"이란 눈에 보이지 않는 세계에 대한 탐구의 한 형식을 보여준다. "뜨거운 사연/ 차갑게 흘려 보"내는 전봇대의 속성이야말로 예민한 감각의 촉수를 세상에 내밀고 견인하는 시적 화자의 모습을 떠올리게 한다.

사실 알레고리적 상상력을 통한 다양한 사물과의 동일시는 시적 화자의 윤리성에 기초하는 것이다. 이 윤리성이란 사회적 도덕성과는 달리 고전적 의미로 스스로의 삶을 끝없이 거울에 비추어보고자 하는 자기 확인의 성격을 의미한다. 이 시집에 나오는 고백이나 결의 혹은 성

찰의 성격은 바로 이 윤리성에 기인한 바가 크다. 이 시의 3연의 역설은 시적 화자가 지향하는 시인의 태도를 함유하고 있다.

이 시집의 시적 특성 가운데 하나는 범박한 일상 속에 삶의 지혜를 걷어올리고 있다는 것이다. 누구나 그럴 것이라고 깊이 생각하지 않고 지나가는 지점을 시적 화자는 외면하지 않고 시적 대상으로 삼는다.

한 가지 걱정이
끝나고 나면

마음이 편할 것 같았다

그러나
인생은 산 넘어 산이다

한 가지 걱정이
또 생긴다

—「산 넘어 산」 전문

"산 넘어 산"이라는 관용어구의 의미는 누구나 알고 있는 것으로 특별한 사고의 과정을 거치지 않고 그저 의사소통의 수단으로 발화하는 경우가 대부분이다. 속담은 일상을 살아온 지혜에서 비롯된 말이지만 관용적으로 쓰이는 탓에 심각한 사유를 동반하는 경우는 별로 없다. 시적 화자는 이러한 관용어구를 다시 찬찬히 살피고 있다.

"한 가지 걱정이/ 끝나고 나면// 마음이 편할 것 같았다"는 평범한 발화는 곰곰이 생각해보면 실생활의 진리 같은 것이다. 삶이란 늘 한 걱정과 싸우고 그 싸움이 끝나면 또 다른 걱정과 싸우는 것으로 점철된다는 사실은 너무 자명하기 때문이다. "한 가지 걱정이/ 또 생긴다"는 마지막 발화는 걱정과 염려라기보다는 긍정에 가깝다.

이 시집에 펼쳐진 긍정적 세계 인식은 부당한 듯 보이는 삶의 원리를 긍정하는 데서 비롯한다. "포기하는 것은/ 나에게 지는 것"(「포기」 부분)이라는 긍정적 세계관의 기저에 범박한 일상에 대한 통찰이 놓여 있는 것이다.

잘 알려져 있듯이 추상적인 공간이 애정을 가지고 가치를 부여하면 장소가 된다. 시적 화자에게 '기산리'는 삶의 모든 에너지를 제공하는 장소로 기능한다. 기산리를 세계의 중심으로 놓고 사고하는 특이한 광경을 목격하게 된다.

송천 선생이 모는 택시에
술빵 한 덩이, 박카스 두 병 싣고
비암리 고개 넘어
한계령 같은 기산리 고개
굽이굽이 넘어간다

보광사 목탁 소리 뒤로 하고

고양동으로 넘어간다

벽제를 거쳐 구파발,
연신내, 불광동 지나
서울로 소풍 간다

송천 시인 택시 안
무릉도원이 따로 없다

교보문고,
황학동 풍물시장,
인사동

지나온 삶을 되새겨본다
소풍은 언제나 즐겁다

—「소풍」 전문

이 시를 통해 보건대 기산리는 벽제를 지나 한계령 같은 고개를 굽이굽이 넘어 보광사를 거쳐야 있는 곳이다. 시적 화자는 서울 나들이를 소풍이라 말하고 있다. 그것은 기산리를 자기 세계의 중심에 놓고 있다는 말이다. 그런 점에서 기산리는 시적 화자에게는 공간이 아니라 특별한 의미를 띤 장소로 기능하게 되는 것이다. 마치 기행가사라도 쓰듯 써내려간 홍겨운 지명의 열거는 조선시

대 사부대 기행紀行의 역순을 보는 듯하다. 그것은 끝내 돌아갈 곳이 기산라는 것을 잘 보여준다. 특유의 긍정적인 세계관과 유유자적의 인생관이 잘 그려져 있다.

이 시집의 4부는 가족과 관련된 시편이 중심이다. 그 가운데서도 어머니와 딸의 이야기가 압도적으로 많다. 종종 어머니와 자식의 관계가 대비적으로 제시되면서 혈육으로서 근본적인 애정을 담아내고 있다.

학교 입학하던 날
가슴에 손수건 달아주고

엄마는
코흘리개 자식을 챙겼다

흐르는 세월만큼
산천이 바뀌고

오늘은 엄마가
주간보호센터 가는 날

귤 한 박스, 떡 한 보따리
챙겨 보낸다

늙은 자식은
자식 처음 학교 보내던 날

엄마 마음이 된다

—「엄마와 자식」 전문

이 시는 두 개의 풍경을 담고 있다. 하나는 엄마의 손에 이끌려 학교에 입학하던 장면과 다른 하나는 자신이 어머니를 주간보호센터에 보내드리는 장면이 그것이다. 두 장면은 정확하게 오버랩이 되면서 상황이 역전된 사태 속에서 부모와 자식의 관계에 대해 이야기하고 있다.

“자식에게는 내 심장을/ 주고 싶었지만/ 부모에게는 기도뿐이었다”(「부모 사랑, 자식 사랑」 부분)는 시적 진술처럼 시적 화자는 자식을 키우며 늘 부모에게 미안한 마음을 가지고 있었다. 이런 시적 화자가 자식을 초등학교에 입학시키듯 어머니를 주간보호센터에 보내며 “귤 한 박스, 떡 한 보따리/ 챙겨 보”내는 장면은 내리사랑의 원리를 넘어 “엄마 마음”의 상태를 보여준다. 늙은 자식이 된 후 알게 되는 “엄마 마음” 속에는 가족에 대한 원융한 사랑이 담겨 있는 것이다.

앞에도 언급했지만 대교약졸의 문체로 일상의 서사를 풀어낸 이 시집은 가독성이 매우 뛰어나다. 시에 드러난 사람살이의 조잔함과 일상의 기쁨은 기산리 별천지의 절벽 같은 길을 넘나든 소풍의 산물이다. 자신이 처한 곳을 사랑하고 그곳에서 진정한 가치로서의 시를 생산해 내는 시인의 모습에서 독자들은 어떻게 살 것인가에 대한 하나의 답을 얻을 수 있을 것이다.

수녀원으로 이사 온 남자

지은이_ 안기풍
펴낸이_ 조현석
펴낸곳_ 북인
디자인_ 푸른영토

1판 1쇄_ 2023년 08월 18일
출판등록번호_ 313 - 2004 - 000111
주소_ 121 - 842 서울 마포구 서교동 460 - 34, 501호
전화_ 02 - 323 - 7767
팩스_ 02 - 323 - 7845

ISBN 979-11-6512-075-7 03810

책값은 뒤표지에 있습니다.
저자와 협의 아래 인지를 생략합니다.